Der Brauer von Habrovan

Ferdinand von Saar

I

Die Bevölkerung der Ortschaft, woselbst ich so manchen Sommer und Winter zugebracht, wurde eines Tages durch ein außerordentliches Ereignis in die größte Aufregung versetzt. Ein dort ansässiger Schuhmacher hatte sein junges Weib aus – wie es hieß – grundloser Eifersucht ermordet und sich dann, nachdem er eine Zeitlang in den nahen Wäldern umhergeirrt, dem Gerichte gestellt. Wie begreiflich, wurde für das entseelte Opfer allgemein Partei ergriffen. Namentlich die Frauen konnten kein Ende finden, den entmenschten Wüterich zu verdammen, den sie schon jetzt am Galgen baumeln sahen. Sie priesen laut die häuslichen Tugenden, durch die sich die Tote im Leben ausgezeichnet, und schwuren hoch und teuer, daß sie, wenn auch ein wenig gefallsüchtig, doch das treueste Weib gewesen, das jemals auf Erden gewandelt. Aber auch die Männer, die in dieser Hinsicht nur wenig Korpsgeist besitzen, zogen über den Übeltäter los. Sie nannten ihn einen elenden Säufer und hirnverbrannten Narren, seit jeher unwert des schönen Weibes, das er, der ruppige, pechgeschwärzte Kerl, besessen. Und schön war sie, die Schustersfrau, das konnte ich selbst bezeugen. Zwar ihr Gesicht verdiente diese Bezeichnung nicht eigentlich. Denn es war breit, stumpfnasig und überdies stark mit Sommersprossen behaftet. Aber lebhafte schwarze Augen, leicht gekraustes rotbraunes Haar und ein eigentümlich lachender Zug um den frischen Mund verliehen diesem Gesicht um so mehr Reiz, als auch die ganze Gestalt in ihrer biegsamen Schlankheit höchst anziehend war. Zumal in der heißen Jahreszeit, wo sie sich immer möglichst leicht bekleidet sehen ließ. Wenn sie so, außerdem noch hochgeschürzt, blink und blank bis über die Knöchel in dem seichten Wasser des an ihrem Hause vorüberfließenden Baches stand, Geschirr oder Wäsche reinigend, da konnte man nicht umhin, sie wohlgefällig zu betrachten. Sie wußte das auch und vollführte dann, durchaus nicht ohne Absicht, die anmutigsten Bewegungen, so daß mir jetzt die Eifersucht ihres Mannes keineswegs unbegreiflich erschien.

Mein nachbarlicher Freund, Doktor Hulesch, hatte die gerichtliche Obduktion vorzunehmen. Als ich mit ihm später darüber sprach, hob er die ganz besondere Grausamkeit hervor, mit der der Schuster den Mord vollbracht. Denn nach den ersten tödlichen Stößen, die er mit einer Ahle nach dem Herzen seines Weibes geführt, hatte er in unstillbarer Mordgier ringsumher weiter gestochen, und so habe sich fast die ganze Vorderseite der Leiche wie tätowiert ausgenommen.

Ich fragte den Doktor, wie er eigentlich über die Sache denke.

Sein volles, kräftig gerötetes Gesicht nahm einen verschmitzten Ausdruck an. »Wenn Sie mich aufs Gewissen fragen«, antwortete er, »so will ich bekennen, daß ich in solchen Fällen immer auf der Seite des Mannes bin, wenn ich ihm auch selbstverständlich nicht das Recht einräume, ein Verbrechen zu begehen.«

»Sie glauben also, daß die Frau des Schusters – ?«

»Ich glaube nichts. Noch weniger behaupte ich etwas. Ich möchte nur den Satz aufstellen: jeder, der eifersüchtig ist, hat auch Grund, es zu sein.«

»Das ist eigentlich auch meine Meinung«, erwiderte ich.

»Die nur von wenigen geteilt wird. Man fordert in der Regel Beweise und erkennt nicht, daß die Eifersucht an sich schon der triftigste Beweis ist. Sie entspringt einem Mangel an Selbstgefühl, herbeigeführt durch das mehr oder minder deutliche Bewußtsein der eigenen Unzulänglichkeit einer geliebten Person gegenüber. Daher das beständige Mißtrauen, der stets lauernde Verdacht – ein höchst qualvoller Zustand, der bei Individuen von schwächerer Gehirntextur schließlich zur Raserei führen kann. Daß sich die Eifersüchtigen meistens auf falscher Fährte befinden, ist wohl wahr, aber der Hauptsache nach behalten sie immer recht. Das hat mir ein ganz merkwürdiger Fall bewiesen, den ich vor Jahren gewissermaßen miterlebte.«

Da es mich begreiflicherweise interessierte, Näheres zu vernehmen, so ließ sich Hulesch auch gern zur Erzählung herbei.

II

»Es war zu Anfang meiner zivilärztlichen Praxis. Ich hatte mich in einem kleinen, aber nicht ganz unansehnlichen Städtchen niedergelassen, das außerdem nicht allzuweit von meiner Vaterstadt Olmütz entfernt lag. Dort lebte ein Mädchen, das ich zu ehelichen gedachte; deshalb hatte ich mich auch vom Militärdienst, zu dem ich als Zögling des ehemaligen Josephinums verpflichtet gewesen, nach dem letzten Kriege loszumachen gewußt. Die Sache zog sich jedoch anderer Umstände halber in die Länge und fand durch den unvermuteten frühen Tod meiner Verlobten ein trauriges Ende. Damals aber lebte ich noch in schönen Hoffnungen, nebenher die Leiden und Freuden eines Landarztes kennenlernend.

Eigentümlich war es mir stets erschienen, daß der Sonntag auch für den Arzt zu einer Art von Ruhetag wird. Es ist, als wollten selbst die Krankheiten feiern, denn ich habe gefunden, daß die wenigsten gerade an einem Sonntag ausbrechen oder tödlichen Ausgang nehmen. Aber ich lasse das dahingestellt sein und sage nur, daß ich an Sonntagen nur selten neue Patienten bekam. Das war mir natürlich sehr angenehm. Nicht bloß der nötigen Erholung wegen, sondern vielmehr deshalb, weil mir diese Pausen wissenschaftliche Lektüre ermöglichten, zu der ich sonst, oft weit in der Umgegend hin und her fahrend, kaum gelangen konnte. Ich verbrachte also meine Sonntagnachmittage immer zu Hause; des Sommers in meinem kleinen schattigen Garten, des Winters in der traulichen, wohlgeheizten Stube.

So erfreute ich mich auch einmal – es war im Dezember, und der Schnee fiel draußen in dichten Flocken – der lieben Ruhe. Ich hatte mir einen guten Jausenkaffee bereiten lassen, die lange Pfeife angebrannt und mich in den Lichtkreis der frühen Lampe gesetzt. Mir war sehr behaglich zumut, und mit wahrer Wonne vertiefte ich mich in eine erst vor kurzem erschienene neue Monographie Hyrtls, die aufgeschlagen vor mir auf dem Tische lag. Die Stunden vergingen, und die Zeit des Abendessens, das ich in einem nahen Gasthause einzunehmen pflegte, rückte heran. Plötzlich vernahm ich, wie ein schwerfälliger Schlitten – ich erkannte das an dem Geläut' – in die Seitengasse einbog, in der ich wohnte. Sollte das mir gelten? dachte ich unwillkürlich. Richtig: der Schlitten hielt unter meinen Fenstern. Und schon kam auch die Frau, die für meine Bedienung sorgte, die Treppe hinan und in das Zimmer geeilt. »Machen Sie sich nur gleich fertig, Herr Doktor! Sie müssen nach Habrovan fahren.«

»Nach Habrovan? Zu wem denn?«

»Zum Brauer. Das Kind ist schwer krank.«

»Gibt's denn dort eines?«

»Na freilich. Im August hat's die Frau geboren.«

»Davon wußt' ich gar nichts.«

»Wie hätten Sie's auch wissen sollen? Sie waren ja damals noch nicht bei uns. Übrigens hat man auch bloß die Hebamme geholt. Zum Glück ist alles gut gegangen. Denn der Brauer ließe seine Frau lieber sterben, als daß er sie so von einem Arzt –«

Das stimmte nun freilich zu dem, was ich über den Mann schon gehört. Er stand in dem Ruf eines Sonderlings, der sein schönes Weib gleich einer Gefangenen halte. Früher in einer ansehnlichen Brünner Brauerei bedienstet, hatte er vor zwei oder drei Jahren das kleine zum Teil schon verfallene Habrovaner Bräuhaus samt einigen Grundstücken von der Gutsverwaltung gepachtet. Das Geschäft betrieb er, so hieß es, nur lässig, und zwar mit Hilfe eines bejahrten Küfers und eines verheirateten Knechtes, die er beide mit dem *fundus instructus* übernommen. Im übrigen behalf er sich mit Tagelöhnern, die er jeweilig dingte.

Ich hatte mich schon darangemacht, meine Handapotheke instand zu setzen. Nun zog ich Schneestiefel an und warf den Fahrpelz um die Schultern; den Fußsack ließ ich mir von der Frau nachtragen. So ausgerüstet, bestieg ich das höchst primitive Gefährt, dessen Kutscher, die Kapuze seiner schadhaften Halina über den Kopf gezogen, den vorgespannten Gaul antrieb, indem er ihm mit dem Leitseil auf den Rücken schlug. Die Fahrt durch das weitläufige Städtchen ging ziemlich glatt. Als wir aber ins freie Feld gelangt waren, wo uns ein scharfer Nordwest anfiel, befürchtete ich Schlimmes. Denn die Gegend ist dort flach und nach allen Seiten hin offen, daher auch die Landstraße starken Verwehungen ausgesetzt. Wirklich gab es bald genug Schwierigkeiten; das bereits von der Herfahrt ermüdete Pferd hatte an mancher Straßeneinsenkung alle Mühe, den wuchtigen und nicht einmal beschlagenen Schlitten durch die angehäuften Schneemassen zu bringen.

Endlich ging es nicht mehr vorwärts. Wir mußten an einer besonders getieften Stelle abspringen und nachschieben. Als sich das, nicht allzuweit mehr vom Ziele, wiederholen wollte, verlor ich die Geduld. Ich ließ den Pelz im Schlitten zurück und machte mich auf die Stiefel. Bei jedem Schritt fast bis an die Knie einsinkend, erreichte ich schließlich, trotz der Bärenkälte in Schweiß gebadet, den bereits nachtschlafenden Ort und schlug den Weg nach dem Brauhause ein, das sich, ganz einsam gelegen, dunkelschwarz von der weißen Fläche abhob. Kein Licht war zu erblicken; nur ein Teil des Daches zeigte sich vorn Hof aus, wo ein etwas höheres Wohnhaus aufragte, leicht beschimmert. Ich pochte an das verschlossene Tor. Ein wütendes Hundegebell erhob sich, aber es kam niemand. Endlich nahten schlurfende Tritte, der Schlüssel wurde gedreht, und eine dünne, meckernde Stimme fragte durch die Torspalte, wer draußen sei. Ich hatte Mühe, mich in meiner Eigenschaft erkennbar zu machen. Dann wurde ich eingelassen und befand mich einem hageren, greisenhaften Menschen gegenüber, der, soviel ich bei zweifelhaftem Licht wahrnehmen konnte, in einer schmutzigen Flanelljacke steckte und den Kopf mit einer Pudelmütze verwahrt hatte. Er führte mich durch den Hof, wo allerlei Braugerät wüst durcheinanderlag , nach dem Wohnhause. Eine kurze Treppe hinan – und ich stand in der Schlafstube des Brauers. Als mir dieser, den ich niemals vor Augen gehabt, jetzt entgegentrat, blickte ich ihn erstaunt an. Eine Kolossalgestalt, die fast bis zur Decke reichte. Der Bauch weit vorspringend, der feiste Rücken gewölbt. Einen so dicht an den Rumpf gewachsenen Kopf hatte ich noch nicht gesehen; dem Manne schien der Hals vollständig zu fehlen. Dazu eine niedere, unter wirrem Kraushaar nahezu verschwindende Stirn, eine unförmliche Nase, wulstige Lippen – und doch war dieses Gesicht nicht eigentlich häßlich oder brutal zu nennen. Es lag vielmehr ein Zug von Weichheit und Seelengüte darin. Auch klang die Stimme des Brauers, der jetzt einige begrüßende Worte sprach, um so sanfter, als ich eigentlich das Gebrüll eines Stieres zu vernehmen erwartet hatte. Erst nachdem er beiseite getreten war, konnte ich den Stubenraum überblicken. Und da gewahrte ich bei den ehelichen Betten die Wiege mit dem Kind; davor, in ein Knie gesunken, die Mutter. Ich will sie Ihnen nicht beschreiben und sage bloß: ein wahres Madonnengesicht, das, von einem Kopftuch umrahmt, mit großen Augen angstvoll nach mir hinsah. Ich trat rasch heran und warf einen forschenden Blick auf das kleine Geschöpf, das mit geschlossenen Lidern und zyanotisch gefärbt in den Wiegekissen lag. »Mein Gott!« rief ich erschrocken aus, »das Kind muß ja schon längere Zeit krank sein!«

Die Frau schwieg. Der Mann aber zuckte trotz sichtlicher Verstörtheit die Achseln und sagte: »Nun ja, es hat ein paar Tage gehustet.«

Ich hatte mich schon an die nähere Untersuchung gemacht und erkannte eine hochgradige Bronchitis.

»Gewiß hat es gehustet«, sagte ich. »jetzt aber hustet es nicht mehr – und schwebt zwischen Leben und Tod!«

Die Frau schluchzte auf. Er aber erwiderte, meinem vorwurfsvollen Blick ausweichend: »Das haben wir nicht vorausgesehen, sonst hätten wir ja schon früher –«

»Das hätten Sie unter allen Umständen müssen!« fiel ich ein und war im Begriff, eine heftige Standrede zu halten. Aber ich verschluckte meinen Unwillen; ich wußte ja aus Erfahrung, daß man sich auf dem Lande meistens erst in zwölfter Stunde entschließt, nach dem Arzt zu schicken. Auch galt es vor allem, Hilfe zu leisten, denn die Atmung war schon aufs äußerste gehemmt, der Puls kaum mehr zu fühlen. Ich entnahm also meiner Handapotheke etwas Belebendes, das auch Wirkung tat. Das Kind schlug die Augen auf und begann leise zu wimmern. Hierauf flößte ich mit Hilfe der Mutter das kräftigste Expektorans ein, das ich in diesem Falle zu reichen vermochte.

»So«, sagte ich. »Das muß in einer halben Stunde wiederholt werden. Die Wirkung der ersten Dosis will ich hier noch abwarten.« Dabei sah ich mich unwillkürlich nach einem Sitz um, denn ich fühlte mich nach der zwar nicht langen, aber höchst anstrengenden Fußwanderung ganz erschöpft.

Der Brauer bemerkte es. »Möchten Sie sich's nicht im andern Zimmer bequem machen, Herr Doktor?« fragte er. »Und wenn Ihnen vielleicht ein Nachtessen gefällig wäre –«

»Nun, das verschmäh' ich nicht. Ich bin in der Tat hungrig – und auch durstig. Aber keine Umstände, wenn ich bitten darf. Ein Trunk Bier, ein Stück Brot mit Butter oder Käse genügen mir vollständig.«

»Ach, es ist ja Selchfleisch im Hause«, nahm jetzt die Frau das Wort. »Auch Eier können Sie haben –«

»Geht hinunter, Okac«, wandte sich der Brauer an den Alten, der mir das Tor geöffnet hatte und, wie ich erst jetzt bemerkte, mit abgelegter Pudelmütze in einer Ecke des Zimmers stand. »Franzka soll hergeben, was da ist. Und holt einen Krug Bier aus dem Keller – vom guten Lager. Ich will den Herrn Doktor einstweilen hinüberführen.«

»Wo ist denn das Zimmer?« fragte ich, da ich keine Seitentür bemerkte.

»Gleich da drüben – keine zwei Schritte weit. Sie können jeden Augenblick wieder hier sein.«

Ich beugte mich noch einmal über das Kind, das eine bessere Färbung zu zeigen schien; auch hatte sich der Puls ein wenig gehoben. »Nun also«, sagte ich zur Frau, »verzweifeln Sie nicht. Ich werde bald wieder nachsehen. Sollten Sie sich inzwischen ängstigen, so rufen Sie mich.« Hierauf folgte ich ihrem Manne über das schmale Vorhaus in ein geräumiges Gemach, das durch eine Hängelampe erhellt war. »Dort können Sie Platz nehmen«, sagte der Brauer, auf einen mit Leder bezogenen Diwan weisend. »Mein Küfer wird gleich alles heraufbringen. Und später werde ich mir erlauben, Ihnen Gesellschaft zu leisten.« Damit ging er und ließ mich allein.

Ich blickte umher. Es war offenbar die Prunkstube, in der ich mich befand. Wohl auch das Arbeitszimmer des Brauers. Denn in der Nähe des Fensters stand ein Pult mit Regal, auf dem Rechnungsbücher lagen. An den Wänden hingen einige Ölfarbendrucke in dürftigen Goldrahmen. Auch ein verblaßtes Daguerreotyp, den Brauer und seine Frau als Brautpaar vorstellend, war zu erblicken. Dem Diwan gegenüber gleißte ein Glasschrank mit allerlei Schaugeschirr und buntem Krimskrams, wie man ihn bei festlichen Anlässen geschenkt erhält. In einem großen Kachelofen glosteten noch Überreste der letzten Feuerung.

Ich hatte mich noch nicht lange gesetzt, als auch schon der Küfer auf Filzsohlen hereinschlurfte und den Tisch zu decken begann. Erst jetzt konnte ich ihn näher betrachten. Ein widerlicher alter Gesell mit einem Bocksgesicht, das durch einen ergrauten Spitzbart noch mehr in die Länge gezogen ward und ganz zu der meckernden Stimme paßte, die ich am Tor vernommen. Nachdem er Speise und Trank vor mich hingestellt, fragte er, ohne mich anzusehen: »Soll ich Holz nachlegen?«

»Nun, wenn Sie wollen. Es ist nicht gerade übermäßig warm.«

Er näherte sich dem Ofen und schob einige von den bereitliegenden trockenen Scheiten hinein, die alsbald laut aufprasselten. Dann blieb er noch eine Weile stehen und rieb die Handflächen lauernd aneinander. »Und wie ist's mit dem Kinde, Herr Doktor«, fragte er plötzlich. »Wird es aufkommen?«

»Ich hoffe«, antwortete ich kurz.

Seine Stirnhaut schnellte empor, so daß ein Büschel weißgesprenkelter Haare, das darüber stand, in Bewegung geriet. Und mit einem sonderbaren Aufhüpfen verschwand er aus dem Zimmer.

Ich nahm mir nicht Zeit, über den Kerl nachzudenken; das Rauchfleisch, das er gebracht, duftete gar zu einladend. Es mundete auch vortrefflich, weit besser als der dünne Gerstensaft, von dem ich, um meinen brennenden Durst zu löschen, fürs erste ein Glas hinuntergestürzt.

Ich war eben daran, mein rasches Mahl zu beenden, als der Brauer eintrat. »Wohl bekomm's, Herr Doktor! Lassen Sie sich nicht stören.«

»Ich bin fertig«, entgegnete ich, den Teller von mir schiebend.

»Dann ist Ihnen wohl eine Zigarre gefällig. Ich selbst bin zwar kein Raucher, aber da ist ein kleiner Vorrat –«

»Ich danke«, sagte ich und nahm einen von den trockenen Glimmstengeln. »Aber ich will doch noch früher drüben nachsehen -«

»Wie Sie wollen. Notwendig, glaub' ich, ist es nicht. Die Frau hat ihm grade die Medizin gegeben. Sie können schon noch eine Weile mit mir sitzen bleiben. Und ich bitte Sie darum, denn ich möchte Ihnen ein Bekenntnis ablegen.«

»Ein Bekenntnis?«

»Ja, eine Beichte.«

»Was werde ich da vernehmen?« fragte ich, befremdet durch den ernsten, zitternden Ton seiner Stimme.

»Nichts Gutes. Vor allem sollen Sie wissen, daß meine Frau schon vor zwei Tagen nach Ihnen schicken wollte. Aber ich hab' es verhindert.«

Ich legte die Zigarre, die ich mir eben anzünden wollte, beiseite. »Und warum haben Sie das getan?«

»Weil ich wollte, daß das Kind stirbt.«

Ich fuhr mit halbem Leibe empor.

»Bleiben Sie ruhig, Herr Doktor. Ich habe gesagt, daß ich eine Beichte ablegen will. Sie brauchen mich ja nicht zu absolvieren. Sie können die Anzeige machen. Dann soll mit mir geschehen, was da will. So kann ich ohnehin nicht mehr leben.«

Er saß jetzt wie gebrochen mir gegenüber; sein groteskes Gesicht hatte einen unsagbar schmerzlichen Ausdruck angenommen. Ich wurde unwillkürlich ergriffen.

»Und warum wollten Sie, daß das Kind stirbt?« fragte ich nach einer Pause.

»Weil ich glaube, daß es nicht meines ist.«

»Haben Sie Grund zu dieser Annahme?«

»Wir sind nun an die acht Jahre verheiratet – und meine Frau hatte früher nie –«

»Das beweist gar nichts. Der Kindersegen kann sich auch spät einstellen. Ich kenne ein Ehepaar, das sich sehr jung vermählt hatte – und erst nach achtzehn Jahren –«

»Das ist wohl möglich. Aber das Kind konnte doch von einem andern Vater –«

»Allerdings. Schon dem alten Spruche nach, daß der Vater immer ungewiß ist. Zum Glück ist nicht jeder Ehemann so mißtrauisch wie Sie. Aber trotzdem! Auf das allein hin können Sie einen so schwerwiegenden Zweifel nicht hegen. Sie müssen doch noch andere Anhaltspunkte –«

»Die hab' ich auch. Im vorigen Spätherbst hatte ich wieder einmal gebraut. Und da trafen wie gewöhnlich zwei Aufseher von der Finanzwache hier ein. Bisher waren es immer ältere, gesetzte Männer gewesen; diesmal war ein junger dabei, der es offenbar auf meine Frau abgesehen hatte.«

»Hat er näher mit ihr verkehrt?«

»Das konnte er nicht. Die Leute waren in der Brauerei untergebracht. Das Essen ließ ich ihnen im Wirtshaus reichen. Und meine Frau hab' ich nicht aus den Augen gelassen.«

»Und dennoch glauben Sie – ?«

»Aber ich mußte mich in einer wichtigen Angelegenheit von hier wegbegeben. Ich konnte es nicht gut aufschieben, denn es handelte sich um eine gerichtliche Vorladung. Zudem sollten die Aufseher, da der Sud vollbracht war, schon am nächsten Morgen von hier abgehen. So entschloß ich mich dazu, wenn auch mit schwerem Herzen.«

»Wie lange waren Sie fort?«

»Kaum vierundzwanzig Stunden. Und dem Küfer hatte ich den Auftrag gegeben, meine Frau zu überwachen.«

»Dem Küfer? Diesem Alten da?«

»Er ist ein verläßlicher Mann und mir sehr ergeben.«

»Und trotzdem!? Aber wie konnten Sie nur Ihrer Frau zutrauen, daß sie während Ihrer kurzen Abwesenheit –? Hatte sie Ihnen denn schon Anlaß gegeben zu einer so schmählichen Voraussetzung?«

»Nein – eigentlichen Anlaß nicht«, erwiderte er tonlos.

»Also bloße Vermutungen? Fühlen Sie denn nicht, wie sehr Sie dadurch Ihre Frau – und sich selbst entwürdigen?«

Er blickte vor sich hin. »Ja, das sag' ich mir oft selbst und mache mir schwere Vorwürfe. Doch es ist stärker als ich. Ich kann den Gedanken nicht losbringen –«

»Das grenzt an Wahnsinn.«

»Mag sein. Aber ich habe seit jeher die Empfindung gehabt, daß, wenn es auf sie ankäme –. Oh, Sie wissen nicht, was ich gelitten. Deshalb konnt' ich auch in Brünn nicht länger bleiben, wo es so viele Leute gibt – Fabrikanten, Offiziere, Beamte, die schönen Weibern nachstellen. Ich hätte dort noch einen Mord begangen!« Er ballte die Fäuste, die Adern an seinen Schläfen schwollen an; er keuchte.

Ich betrachtete ihn schweigend. »Sie sind eben von krankhafter Eifersucht besessen«, sagte ich endlich.

»Das waren auch immer ihre Worte, wenn ich ihr vorwarf, daß sie nach diesem oder jenem hingeblickt. Und sie hatte nichts dagegen, als ich den Entschluß faßte, aufs Land zu ziehen. Ich würde dort weniger Anlaß finden, sie zu quälen, meinte sie. Und so war es auch. In der Abgeschiedenheit begann ich aufzuatmen. Ich wurde ruhiger und bat ihr oft auf den Knien ab, was ich ihr früher in meiner beständigen Aufregung angetan. Auch sie schien sehr zufrieden zu sein. Der Obst- und Gemüsegarten, die Wiesen und Felder beschäftigten sie und machten ihr Freude. Ich fühlte mich schon so glücklich! Da kam das Kind.«

»Nun wieder das Kind! Dieser fixen Idee müssen Sie um jeden Preis Herr werden. Denn nach allem, was ich da vernommen, sage ich Ihnen: Sie tun Ihrer Frau schweres Unrecht. Das Kind ist das Ihre.«

Der Ton innerster Überzeugung, mit dem ich das gesprochen, schien ihn mächtig ergriffen, schien den qualvollen Verdacht in seiner Seele überwältigt zu haben. Sein Antlitz hellte sich auf, seine Brust dehnte sich wie befreit. Doch das dauerte nur einen Augenblick. Gleich darauf fiel er wieder in sich selbst zurück. »Aber es hat keinen Zug von mir!« rief er aus.

»Das ist wahr. Es sieht jetzt seiner Mutter ähnlich. Aber das verschlägt nichts. Die körperlichen Entwicklungsstadien eines Kindes sind immer mit Veränderungen verbunden. Die Kleine kann noch ganz nach Ihnen geraten. jedenfalls aber dürften im Laufe der Zeit ganz untrügliche Wahrzeichen zutage treten, die Ihnen dann jeden Zweifel benehmen werden.«

»Und wie lange kann das dauern?« fragte er angstvoll.

»Je nach Umständen. Es kann sehr bald geschehen – in Wochen, in Monaten, allerdings auch erst in einigen Jahren.«

»In einigen Jahren!« rief er verzweifelt. »So lange soll ich die Ungewißheit ertragen? Das ist mir nicht möglich!«

»Aber was wollen Sie denn tun?«

Er ließ das Haupt sinken. »Das weiß ich nicht«, versetzte er dumpf.

In diesem Augenblick steckte der Küfer den Kopf zur Tür herein, um mich zu rufen. Das Kind habe einen plötzlichen Hustenanfall bekommen. Ich eilte, von dem Brauer gefolgt, hinüber.

Der Anfall war ein konvulsivisch heftiger, aber er zeigte sich auch von der erhofften Wirkung des Medikaments begleitet; es erfolgte eine Lösung, die reichlich vor sich ging.

Ich konnte daher die Hauptgefahr als gehoben betrachten und an den Heimweg denken; denn es war schon spät, und am Morgen harrten meiner die Kranken im Städtchen. Ich fragte nach dem Schlitten. Der sei vor einer Stunde heimgekehrt, hieß es. Der Brauer befahl, ein frisches Pferd vorzuspannen. Bis dies geschehen war, beschäftigte ich mich noch mit dem Kinde. Beim Fortgehen sagte ich zur Mutter: »Haben Sie keine Sorge mehr, es wird gesund werden. Von der Medizin geben Sie ihm jetzt jede Stunde einen kleinen Löffel voll. Morgen vormittag komme ich mit eigener Gelegenheit wieder, um nachzusehen. Auch bei *Ihnen*«, wandte ich mich an den Brauer, »denn Sie brauchen gleichfalls einen Arzt.« Ich betonte die letzten Worte sehr nachdrücklich, der Frau wegen, die als schweigende Dulderin, die sie zu sein schien, mein Mitleid erregte.

Der Schlitten war bereit, und der Brauer begleitete mich vors Tor. »Also auf morgen! Da sprechen wir weiter«, sagte ich bedeutungsvoll.

Er erwiderte nichts und grüßte nur mit dankender Gebärde zum Abschied.

Zu schneien hatte es aufgehört. Der Mond war aus den Wolken getreten und warf blendenden Schimmer auf die weiße Fläche. Das Pferd zog kräftig an, und so ging die Rückfahrt besser vonstatten. Gleichwohl schlug die Turmuhr des Städtchens bei meiner Ankunft die zweite Stunde nach Mitternacht.

Als ich am nächsten Vormittag in Habrovan erschien, fand ich das Kind in entsprechend besserem Zustande, den Brauer aber als Leiche. Er hatte sich im Gebälk des Malzbodens erhängt.«

III

»Die Geschichte ist nicht zu Ende«, sagte ich, da der Doktor eine Pause eintreten ließ.

»Gewiß nicht; es würde ja sonst die Pointe fehlen. Also hören Sie nur weiter.

Ich gestehe, daß mich der Selbstmord des Brauers zwar überrascht, aber nicht besonders befremdet oder erschüttert hatte. Der Mann war jedenfalls psychopathisch veranlagt, wie sich denn bei der Sektion die Gehirnhäute ungemein verdickt und stellenweise mit der Schädeldecke verwachsen zeigten. Welche Martern wären ihm, welche Martern der Frau und nun gar dem Kinde noch bevorgestanden, wenn dieses nicht bald genug deutliche Merkmale seiner rechtmäßigen Abstammung würde zur Schau getragen haben. Ich hielt also das Ereignis weit eher für einen Glücks- als für einen Trauerfall und verwunderte mich gar nicht, daß die Witwe keinen sonderlichen Schmerz an den Tag legte, sondern sich mehr mit der Sorge zu beschäftigen schien, wie sich nunmehr die Verhältnisse für sie gestalten würden. Es zeigte sich, daß der Brauer einiges Vermögen hinterlassen hatte, das natürlich dem Kinde und somit auch fürs erste ihr zufiel. Da sie nun vollständige Freiheit der Bewegung besaß, kündigte sie den Pachtvertrag und siedelte nach Wischau über. Dort lebten nähere Anverwandte von ihr, die sie jedoch niemals hatte besuchen dürfen, wie auch ihr selbst jeder Empfang verwehrt gewesen. Nach beendetem Trauerjahr verheiratete sie sich mit einem dortigen Gastwirt. Von ihren späteren Schicksalen aber hatte ich um so weniger etwas erfahren, als nicht lange darauf meine Berufung als Werksarzt hierher erfolgte.

Da geschah es nach Ablauf von vollen zwanzig Jahren, daß ich mich für kurze Zeit nach Wien begeben mußte. Ich nahm Absteigequartier in der Weintraube, einem kleinen, aber vielbesuchten Hotel auf der Wieden, das meinen Verhältnissen angemessen und überdies für meine Zwecke sehr bequem gelegen war. Tagsüber von Geschäften in Anspruch genommen, besuchte ich abends öffentliche Vergnügungsorte, vor allem die Theater, und nahm dann das Nachtmahl im Hotel ein, in dessen Speiselokalitäten auch zahlreiche auswärtige Gäste erschienen. In einem kleineren Zimmer, wo ich gewöhnlich Platz nahm, befand sich ein sogenannter Stammtisch, an dem eine Gesellschaft älterer Herren zu erblicken war. Dem Aussehen nach Beamte und Geschäftsleute aus der Umgegend. In diesem ziemlich lauten Kreise fiel ein Mann in Uniform besonders auf. Es war ein Finanzwache-Kommissär, der sich sehr selbstgefällig auf den Offizier hinausspielte. Wie eitel er sein mußte, erkannte man sofort an der Geschniegeltheit seines Äußeren und an der Art, wie er mit seiner gepflegten, am kleinen Finger stark beringten Hand den Schnurrbart zwirbelte. Er führte stets das laute Wort und schien überhaupt das unterhaltende Element der Gesellschaft zu sein. Die Tischgespräche drehten sich wohl auch um politische und andere Tagesereignisse, lenkten aber, wie dies im Kreise alternder Männer nicht selten der Fall zu sein pflegt, sehr bald in ein nicht allzu lauteres Fahrwasser ein, auf welchem der Herr Finanzwache-Kommissär besonders gerne segelte. Trotz einer sehr in die Augen fallenden Glatze schien er noch immer auf Abenteuer aus zu sein. Jedenfalls hatte er zahlreiche hinter sich und gab sie auch, mehr oder minder verschleiert, dem aufmerksamen Auditorium mit sichtlicher Vorliebe zum besten.

Am Abend vor meiner Abreise war ich sehr spät erschienen. Alle Gäste hatten sich schon entfernt, nur die Tischgesellschaft fand ich noch fröhlich beisammen. Ich saß nun ganz allein in einer Ecke und konnte, da man sich drüben nicht den geringsten Zwang auferlegte, jedes Wort der Unterhaltung vernehmen, bei welcher sich die hohe Stimmlage des Herrn Kommissärs wieder so recht geltend machte.

»Glauben Sie mir, meine Herren«, hörte ich ihn sagen, »wir haben eine viel zu ideale Vorstellung von dem Wesen der Frauen, vor allem aber von der sogenannten weiblichen Tugend. Ich kann Sie nur versichern, daß es mit dieser nicht viel besser bestellt ist als mit der männlichen – ja in vielen Fällen noch weit schlimmer, so daß man gar keine Ahnung davon hat, was in dieser Hinsicht einer Frau alles zuzutrauen ist. Ich könnte Ihnen da ein Erlebnis aus meinen jungen Jahren erzählen, das Ihnen ganz unglaublich erscheinen wird – und doch beruht es buchstäblich auf Wahrheit.«

Da er nun selbstverständlich dringend aufgefordert wurde, fuhr er fort:

»Es war zu Anfang der Sechzigerjahre. Ich hatte mich schon längere Zeit hindurch in einer sehr fatalen Lage befunden. Ich war nämlich, wie ich heute mit einiger Beschämung gestehen muß, kein sehr fleißiger Student gewesen, war bei der Matura durchgefallen, und nachdem ich mich in verschiedenen Berufszweigen ohne besondere Vorliebe versucht hatte, trat ich endlich zu Brünn, das, wie Sie wissen, meine Vaterstadt ist, in die Finanzwache, wo sich mir, da ich doch immerhin Kenntnisse genug besaß, Aussichten zu eröffnen schienen. Gleich bei meiner Aufnahme wurde ich zu einer Abteilung versetzt, die auf dem platten Lande detachiert war. Mein erster Dienst bestand darin, einen alten, griesgrämigen Aufseher nach einem kleinen Dorfe zu begleiten, wo sich ein Bräuhaus befand. Eine miserable, baufällige Kaluppe, deren ganzer Betrieb sich auf ein paar lumpige Pfannen belief. Es war gar nicht der Mühe wert, hinzugehen; man hätte dem Brauer ruhig freie Hand lassen können. Den aber hätten Sie sehen sollen, meine Herren! Ein wahres Monstrum, sage ich Ihnen, das man in einer Jahrmarktsbude hätte ausstellen können; sein Wanst mochte allein einen halben Zentner gewogen haben. Und dieser unförmliche Talgriese, schon in den Vierzigern, hatte ein junges, schlankes Weib, das an Schönheit seinesgleichen suchte. Eine Blondine mit großen blauen Augen, die unter langen Wimpern hervorschmachteten. Ich hatte schon damals einen scharfen Blick für alles Weibliche und was damit zusammenhängt, erkannte daher sofort, daß sie in wenig glücklicher Ehe lebe. Da kann geholfen werden, dachte ich und suchte gleich meine Netze für diese holde Turteltaube aufzurichten. Aber ich hatte die Rechnung ohne das Mastodon gemacht, an das sie gekettet war. Der Brauer war nämlich eifersüchtig wie ein Türke und hielt seine Frau hinter Schloß und Riegel. Man konnte sie nur jeweilig am Fenster wahrnehmen. Obgleich ich nun merkte, daß sie sich gerne sehen ließ, so zog sie sich doch, wenn ich mit Blicken oder Zeichen nach einer Anknüpfung suchte, gleich wieder zurück, sie wußte sich offenbar beobachtet. Denn da war auch ein Küfer, der aussah wie ein alter Ziegenbock und, wahrscheinlich im Auftrage, stets um das Wohnhaus herumschlich, wenn sich der Brauer nicht drinnen befand. So war denn der Liebe Müh' umsonst. Aber gerade dadurch wurde meine Sehnsucht nach dem reizenden Weibe jeden Tag stärker. Ich fühlte mich schon ganz elend, Essen und Trinken mundete mir nicht, und nachts wälzte ich mich schlaflos hin und her, während mein Kollege, der auf das schlechte Bier, das er sich weidlich schmecken ließ, immer noch einige Schnäpse aufsetzte, wie eine Sägemühle schnarchte.

Da geschah es gerade in der Zeit, da das Gebräu schon eingelagert war und wir am nächsten Tage bei unserer Abteilung einrücken sollten, daß der Brauer irgendeine Berufung erhielt, die ihn zwang, eine Nacht fernzubleiben. Als ich das vernahm, war auch sofort mein Plan gefaßt. Das Wohnhaus grenzte dicht an einen ausgedehnten Garten. Vor einem Seitenfenster der ehelichen Schlafstube, die ich schon ausgekundschaftet hatte, ragte ein ziemlich hoher Birnbaum auf. Diesen Baum wollte ich bei einbrechender Nacht besteigen. Denn ich war überzeugt, daß sich, sobald ich mich irgendwie würde bemerkbar gemacht haben, das Fenster öffnen werde – und dann konnte ich, gewandt, wie ich damals war, mit einem kühnen Schwunge oder Sprunge in das Zimmer gelangen.

Es war eine rauhe Spätherbstnacht und insofern dem Unternehmen günstig, als vollständige Dunkelheit herrschte. Aber gerade diese Dunkelheit erschwerte es mir auch, mich in der Krone des Baumes erkennbar zu machen; zudem sauste ein scharfer Nordwind und drohte jedes leisere Geräusch, mit dem ich mich allenfalls ankündigen konnte, zu verschlingen. Dennoch erkletterte ich, als mir die richtige Zeit gekommen schien und ich das Fenster erleuchtet sah, den Baum. Hinter den Scheiben befand sich ein Vorhang, der aber nicht vollständig schloß; die Stelle, die er frei ließ, war groß genug, um mir Einblick zu gewähren. Was ich nun vor Augen hatte, entzieht sich der näheren Schilderung, meine Herren. Das schöne Weib, dessen blondes Haar, vom gewohnten Kopftuch befreit, in losen Flechten herabfiel, war eben daran, sich langsam zu entkleiden. In regungsloser Spannung stand ich zwischen den Ästen, mein Herz jedoch pochte wie ein Hammerwerk. Nun galt es aber, mich bemerklich machen, doch wie? Alles Lärmende, das möglicherweise erschrecken konnte, mußte vermieden werden. Ich brach also einen längeren dürren Zweig, um damit sacht, aber vernehmlich in kleinen Zwischenpausen an die Scheiben zu tippen. In diesem Augenblicke öffnete sich im Zimmer die Tür – und der Alte mit dem Bocksgesicht kam hereingehüpft. Und, ohne die Mütze abzunehmen, gerade auf die Frau los, die halb entblößt dastand, um sie – es war wie ein Blendwerk der Hölle – zu umarmen und zu küssen. Sie machte zwar eine Armbewegung, um ihn abzuwehren, aber sie ließ sich doch von ihm weiter seitwärts ins Zimmer hineindrängen, so daß ich jetzt nichts mehr sah als undeutliche Schatten an der Wand –

Meine Situation können Sie sich vorstellen, meine Herren! Ich war außer mir vor Wut und wollte schon das Fenster einschlagen, um mit Gewalt ins Zimmer zu dringen; aber ich hielt an mich, denn ich fühlte mich auch vor mir selbst beschämt, und glitt lautlos auf den Boden hinab. Dort raffte ich eine Handvoll Sand zu einem kräftigen Wurf nach den Scheiben auf; denn ihren Schrecken sollten die Sünder doch haben.

Schlafen konnte ich begreiflicherweise nicht und wälzte noch allerlei unsinnige Entschlüsse im Kopf herum, die ich am Morgen wieder fallenließ. Als uns aber beim Abzuge der Küfer mit sichtlich verstörter Fratze gerade noch in den Wurf kam, versetzte ich ihm einen Rippenstoß, daß er an die Wand taumelte, und raunte ihm zu: »Ich weiß alles, du alter Schurke!«

Nun wird das Pärchen doch in beständiger Angst leben, dachte ich, und später wandelte mich auch noch die Lust an, dem Brauer irgendeine anonyme Mitteilung zukommen zu lassen. Aber ich tat es nicht und fand schließlich eine gewisse Befriedigung bei dem Gedanken, daß der ausbündige Großtürke von seinem Eunuchen – obwohl diese Bezeichnung im eigentlichen Sinne hier nicht zutraf – gehörnt werde.«««

»Also der Brauer hatte doch recht mit dem Kinde«, sagte ich, als der Doktor schwieg.

»Nein, er hatte nicht recht. Und das ist ja das punctum saliens der Geschichte. Das Kind war wirklich das seine. Darüber habe ich im vorigen Jahre vollständige Gewißheit erlangt.«

Ich blickte ihn verwundert an.

»Sehen Sie, ich bin ein großer Obstfreund. In unserer Gegend gedeiht nicht viel Gutes, und so pflege ich meine Einkäufe gelegentlich auf dem Brünner Markte zu machen. Das geschah auch einmal im verflossenen Sommer, gerade zur Zeit der Melonen, von denen ich ein besonderer Liebhaber bin. Wie ich mich nun auf dem weiten, herrlich von Blumen und Früchten durchdufteten Platz umsehe, gewahre ich eine Händlerin, deren Äußeres eine solche Ähnlichkeit mit dem des Brauers hat, daß ich glaube, er sitze, beiläufig um ein Drittel verkleinert, in Weiberkleidern da. Ich gehe auf die Händlerin zu, die sich in der Nähe weit jünger ausnimmt als vom weiten, und frage: »Na, Frauchen, haben Sie schöne Melonen?«

»Freilich«, erwiderte sie mit gequetschter, gleichsam in Fett erstickender Stimme. »Sie sehen sie ja. Sind aus Wischau.«

»Aus Wischau? Sie beziehen sie also von dort?«

»Wir ziehen sie selbst. Mein Mann ist Handelsgärtner, und um die Zwischenhändler zu ersparen, hab' ich mir die Erlaubnis verschafft, viermal die Woche hier meinen Stand aufzuschlagen.«

Sie war offenbar eine gute Seele, die sich mit den Käufern gern in ein Gespräch einließ. »Haben Sie Kinder?« fuhr ich fort.

»Natürlich. Drei Stück.«

»Und was machen denn die, wenn Sie so oft vom Hause weg sind?«

»Auf die Kinder gibt die Mutter acht. Sie hat ein Wirtsgeschäft.«

»Und führt sie das allein?«

»Mit ihrem zweiten Mann. Von dem hat sie aber keine Kinder.«

»Sie sind also aus erster Ehe?«

Das fortgesetzte Verhör schien sie nun doch schon zu befremden. »Freilich« versetzte sie etwas barsch. »Warum fragen Sie denn?«

»Weil ich glaube, daß ich Ihren Vater gekannt habe. War der nicht ein Brauer?«

»Ja, in Habrovan. Und dort bin ich auch geboren. Aber kaufen Sie Melonen?«